"하아암~ 안경이 어디갔지?"

잠에서 깬 개구리는 안경을 찾아 머리맡을 더듬거렸습니다.

하지만 어디서도 안경을 찾을 수는 없었습니다.

개구리는 친구들에게 안경을 빌려봐야겠다고 생각했습니다.

풀숲을 걸어가던 개구리는 나무의 작은 구멍을 발견하고는 소리쳤습니다.

"거기 누구 있어? 나 안경 좀 빌려줄래?"

"…"

나무 구멍에서는 아무 대답도 들리지 않았습니다.

개구리가 다시 한 번 소리치려는 순간

나무 위에서 자고 있던 새가 짜증 섞인 목소리로 말했습니다.

"아유 시끄러워. 여기 아무도 안살아!"

그래도 개구리는 혹시 모르는 마음에 한 번 더 초인종을 두드렸습니다.

개구리를 발견한 다람쥐는 아무 말 없이 안경을 가지고 나무 아래로 내려왔습니다.

다람쥐는 말을 오랫동안 하지 않아 굳어버린 입으로

조그맣게 웅얼거리며 자신의 안경을 개구리에게 빌려주었습니다.

다람쥐의 안경을 쓴 개구리는 다람쥐의 마음이 보이기 시작했습니다.

재미없어. 지루해.

아무것도 하기 싫어.

다람쥐는 매일이 재미없고 따분하다고 생각하고 있었습니다.

그 마음을 본 개구리는 왈칵 눈물이 솟았습니다.

개구리는 아무 말 없이 다람쥐를 와락 껴안아 주었습니다.

"자, 여기- 이 안경은 네가 꼭 갖고 있었으면 좋겠어."

개구리는 다람쥐에게 안경을 돌려주고, 다른 친구를 찾아 떠났습니다.

친구를 찾아 풀숲을 걷던 개구리는 물가에 다다랐습니다.

"물오리야! 안경 좀 빌려주겠니?"

자맥질을 하던 물오리는 개구리의 말을 듣지 못하고,

물고기를 사냥하기 위해 물 속으로 잠수를 했습니다.

개구리는 물오리가 일을 다 끝낼 때까지 물가에 앉아 기다리기로 했습니다.

물에 발을 담그고 첨벙이던 개구리는 지루해졌습니다.

"하-아암"

큰 하품을 하고 뒤로 벌러덩 누웠을 때,

등 뒤에 있던 물오리의 안경을 빠직! 부러뜨리고 말았습니다.

깨진 안경을 들여다 본 개구리는 물오리의 마음이 보이기 시작했습니다.

그만하고 싶어.

포기하고 싶어.

나도 물 밖을 걷고 싶어.

물 밖으로 나온 물오리는 자신의 부러진 안경을 쓰고 있는 개구리를 발견했습니다.

개구리는 깨진 안경을 던져버리고, 물오리의 손을 잡았습니다.

그리고는 물오리를 데리고 물가를 천천히 산책하기 시작했습니다.

물가 끝에 다다르자 개구리가 오리에게 물었습니다.

"나랑 같이 다른 친구들을 만나러 갈래?"

물오리는 고개를 저었습니다.

"괜찮아, 개구리야. 나는 혼자 조금 더 걷고 싶어."

개구리는 물오리를 꽉 껴안아 주었습니다.

마음이 파래진 개구리는 파란 하늘을 올려다 보았습니다.

저기 높이 혼자 허공을 맴도는 독수리가 보였습니다.

개구리는 독수리를 불렀습니다.

"독수리야~!"

독수리는 하늘을 몇 바퀴 더 돌다가 개구리 옆에 앉았습니다.

"독수리야, 안경 좀 빌려주겠니?"

개구리가 묻자 독수리가 말했습니다.

"흥! 나는 하늘을 나는 독수리라고! 땅에서 뛰어다니는 네가 뭘 볼 수 있겠니?"

그러자 개구리는 폴짝 뛰며 말했습니다.

"높은 곳에서 보는 세상은 어떤지 궁금해. 그러니 너의 안경을 잠시만 빌려줘."

독수리는 무심한 표정과 날카로운 눈빛으로 마지못해 안경을 벗어주었습니다.

독수리의 커다란 안경을 쓴 개구리는 독수리의 마음이 보이기 시작했습니다.

외로워.

쓸쓸해.

나도 다른 동물들처럼 어울려 놀고 싶어.

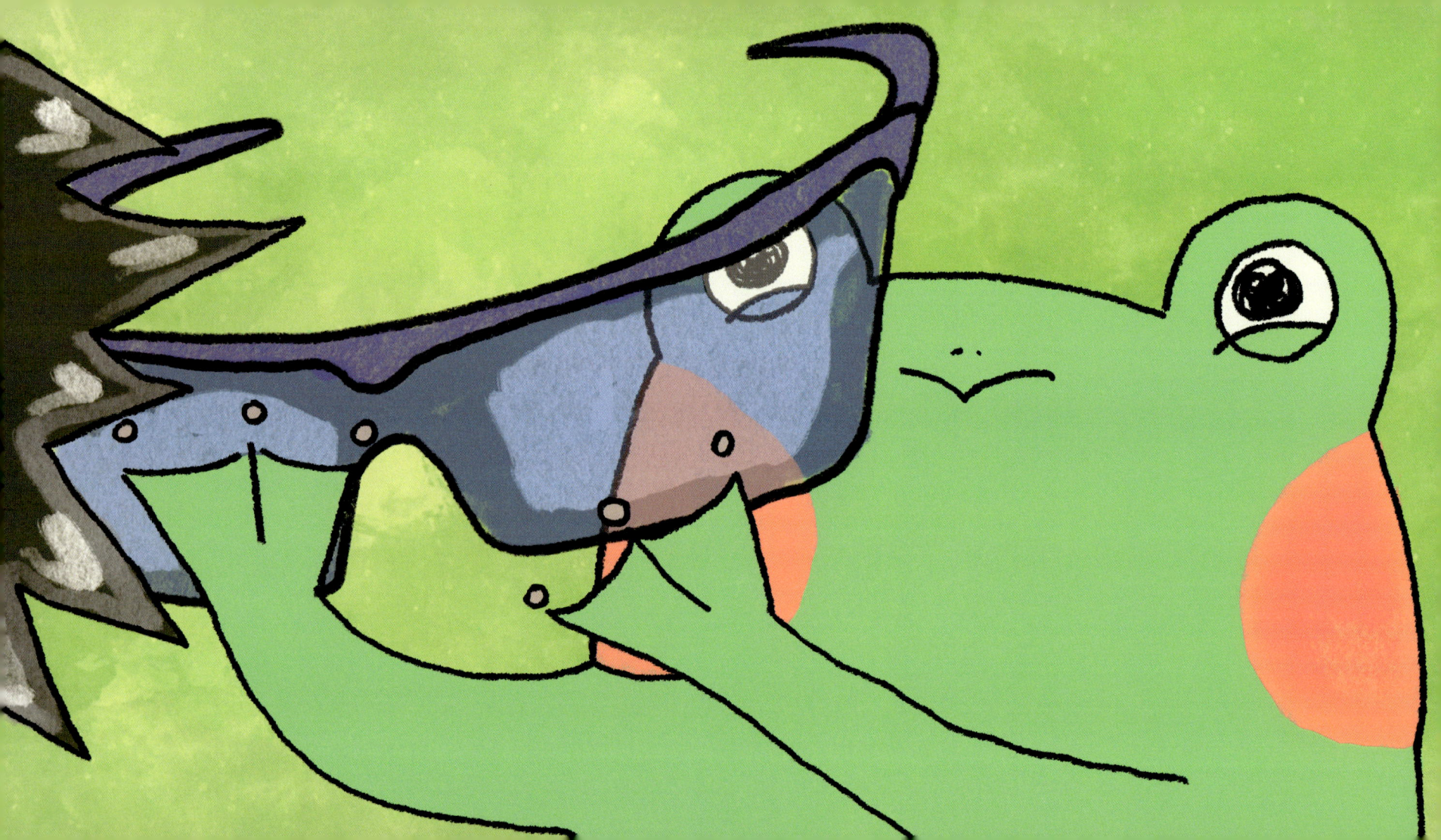

개구리는 독수리에게 안경을 돌려주었습니다.

그리고는...

폴짝 힘껏 뛰어올라 독수리의 등에 올라 탔습니다.

개구리는 독수리의 목을 끌어안고 말했습니다.

"나는 너의 친구야. 나랑 같이 놀자. 나를 데리고 너의 하늘로 날아가 줘."

그러자 독수리는 받아 든 안경을 다시 쓰고 말했습니다.

"그래, 하늘 위 세상을 너에게 한번 보여줄게."

독수리는 개구리를 숲에 내려주었습니다.

나무 위를 바라본 개구리의 눈에 나무늘보가 보였습니다.

"나무늘보야. 나 안경 좀 빌려 주겠니?"

개구리는 크게 외쳤습니다.

하늘을 바라보고 있던 나무늘보는 처어어어언 처어어어언히 고개를 돌렸습니다.

답답한 개구리는 다시 한 번 외쳤습니다.

"나무늘보야! 내 안경이 없어져서 그런데 안경 좀 빌려줘!"

개구리의 빠른 말에 나무늘보는 고개를 끄으으으덕이다가 안경을 떨어뜨렸습니다.

바닥에 떨어져 흙이 묻은 안경을 쓴 개구리는 나무늘보의 마음이 보이기 시작했습니다.

빨리, 빨리, 빨리…!

안경 속 나무늘보는 누구보다 빨리, 열심히 움직이고 있었습니다.

잠깐이나마 느린 나무늘보를 답답하게 여긴 개구리는 미안한 마음이 들었습니다.

미안한 마음에 개구리는 나무늘보의 안경을 깨끗이 닦아 손에 쥐어주고,
있는 힘껏 뛰어올라 나무늘보를 꽉 껴안아 주었습니다.

친구들을 만나고 돌아오는 길에 숲에는 추적추적 비가 내렸고,

개구리는 비를 맞으며 집으로 걸어왔습니다.

집에 돌아온 개구리는 서랍 깊은 곳에서 오래되고 깨진 안경 하나를 꺼냈습니다.

그 안경은 개구리가 오래 전에 쓰고, 영영 쓰고 싶지 않은 안경이었습니다.

슬퍼. 너무 슬퍼서 눈물이 비처럼 내려.

비만 오면 감정을 주체할 수 없어.

개구리는 안경을 벗어 다시 서랍 깊숙이 넣었습니다.

거울 앞으로 간 개구리는 자신의 얼굴을 바라보며 싱긋 웃었습니다.

그리고는 양팔을 감아 스스로를 꼭 안아 주었습니다.

하늘에선 개구리의 눈물이 흘러내리듯 비가 내리고 있었습니다.

함께 만든 사람들

글쓴이 수리(글쓰기 및 편집), 다정한 미쉘, 이율, 빈센트

수리
글쓰기와 사진찍기를 좋아합니다. 늘 컴퓨터와 대화하는 개발자로 살아가지만, 사람과의 관계를 소중히 여기는 따뜻한 마음의 소유자 입니다.

다정한 미쉘
다정한 사람이 되고 싶습니다. 다정함은 내 마음이 제대로 말랑할 때 밖으로 나오는 거라는 데, 가끔씩 불쑥불쑥 모난 마음이 튀어나오는 걸 보면 아직 마음이 제대로 말랑해 지려면 더 기다려야 할 것 같습니다.

이율
초록의 푸르름을 좋아합니다. 사람을 싫어하지만, 누구보다 사람을 좋아합니다. 모든 사람의 행복을 추구합니다.

그린이 & 칠한이 고니와 우우 (하헤히호후)

우우
그린이. 낭만과 번뇌가 주특기인 어느 몹쓸 청춘입니다. 동생과 함께 '발꾸락' 같은 그림을 그리며 전북 남원에서 작은 카페를 운영하고 있습니다. 카페와 자신의 미래가 걱정될 때마다 '하헤히호후'라는 혼잣말을 하곤 합니다.

고니
칠한이. 고민도 많고 걱정도 많은 겉만 늙은 청년입니다. 속상한 마음에 지지 않고 그림을 그려내는 그림쟁이 입니다. 언젠간 '하헤히호후'하며 그림을 그리고 싶어요.

마치며

글쓴이 수리

  우리 모두는 각자 마음 속 슬픔을 가지고 살아갑니다. 때로는 아무 말 없이 바라봐주는 눈빛 하나가, 마음 깊은 곳의 슬픔에 다가설 수 있는 작은 시작이 됩니다. 이 책에서는 숨겨진 마음을 안경이라는 매개체로 드러내고자 했고, 그 슬픔을 단숨에 치유하지는 못하지만, 알아채고 위로하고자 했습니다. 안경은 단지 도구를 넘어, 보이지 않던 감정을 드러내는 창이 되었습니다. 그 창을 통해 타인의 마음을 바라보고, 자신의 마음 또한 비춰보려 했고, 이 작은 장치가 서로를 더 깊이 이해하고 느낄 수 있는 계기가 되기를 바랐습니다.

  이제는 우리가 서로의 마음을 바라보며, 꼭 안아줄 수 있는 존재가 되어주었으면 합니다. 슬픔은 사라지지 않더라도, 함께 걸어주는 사람이 있다면 옅어지는 것 같습니다. 곁에 있는 이들의 마음을 알아주려는 따뜻함이 우리 사이에 더 많이 스며들기를 바랍니다. 알아주고, 다가서고, 안아주려는 마음이 이 세상에 조금 더 많아질 수 있기를, 그로 인해 누군가의 하루가 조금 더 괜찮아지기를 빕니다.

* 책 표지의 제목 폰트는 위안부 피해자이신 이옥선 할머니의 글씨체 입니다.

그린이 & 칠한이 고니와 우우 (하헤히호후)

 "개구리가 안경을 통해 동물들의 마음 속 감정을 보게 되는데, 대부분 슬픔이었어. 그런 동물들에게 개구리가 이렇게 말해주는 거 같았어. '내가 위로해줄게. 내게 말해줘. 내가 곁에 있으니까 넌 혼자가 아니야. 슬플 땐 나를 불러.' 그래서 개구리는 슬픔을 공유할 수 있는 좋은 친구인 거 같아.
 개구리에 대해 생각하다 보면, 나도 누군가에게 개구리와 같은 사람이 되어줄 수 있을지에 대해 고민하게 돼. 그런데 정말 어려울 거 같아. 위로는 받는 것보다 주는 게 훨씬 더 어렵다는 걸 이번 작업을 통해 알게 됐어. 개구리가 참 대단하게 느껴져.
 마지막이 개구리가 슬퍼하는 장면으로 마무리되는 게 좋았어. 여러 동물들의 슬픔을 안아준 후, 마침내 자기 자신의 슬픔을 조용히 안아주는 개구리의 모습이 마음에 참 깊게 남아.
 평소 그림책을 좋아해서 자주 읽지만, 직접 그림을 그리며 작업을 하니까 작품에 대해 더 심도 있게 다가갈 수 있었어. 쉽지 않았고 힘든 순간도 많았지만, 내 그림으로 그런 경험을 할 수 있다는 게 참 특별했어."

 그림책 작업을 마무리할 때 고니가 했던 말입니다. 그중에서도 '나도 누군가에게 개구리 같은 사람이 되어줄 수 있을지'에 대한 고민이 오래도록 마음에 남습니다.

가장 작은 체구를 가진 개구리는 친구들의 슬픔을 알게 될 때마다 몸을 내던져 안아주곤 해요. 그 모습을 그릴 때마다, 개구리는 정말 용기 있고 따뜻한 마음을 지닌 존재라는 생각이 들었습니다.
개구리는 어떻게 그럴 수 있는 걸까요?
  마지막 장면을 그리며 조금 알 것 같았습니다. 어쩌면 개구리가 다른 친구들을 와락 안아 줄 수 있었던 건, 오랜 시간 자신을 안아주는 법을 배워왔기 때문 아닐까요. 자신의 슬픔을 있는 그대로 받아들이고, 평가 조언 없이, 다정하게 품어줄 수 있을 때, 우리는 나를 넘어 누군가를 안아줄 수 있을만큼 커다란 마음의 사람이 될 수 있다는 걸 개구리를 통해 배웠습니다.

  이 그림책을 펼쳐주신 당신께도 부디 개구리의 포옹이 전해지기를 바라요. 외로움과 서러움에 지는 날이 있더라도, 하루 한 번 더 자신을 포옹해줄 수 있기를 마음 담아 응원해요!

안경 쓴 개구리

초판 1쇄　2025년 5월 30일

초판 4쇄　2025년 8월 23일

글쓴이

수리, 다정한 미쉘, 이율, 빈센트

편집 및 제작

수리 (임수연)

디자인

고니와 우우 (하헤히호후)

펴낸곳

새벽빛 출판사

전자우편

dawnlight_books@naver.com

인스타그램

instagram.com/dawnlight_books

ⓒ 임수연

새벽빛 출판사는 새로운 시작을 응원합니다.
차별 없는 평등을 추구하고 조화의 의미를 생각합니다.
이 책은 저작권법에 따라 보호받는 저작물이므로 무단 전재와 무단 복제를 금합니다.

ISBN 979-11-992675-0-3 07800

@DAWNLIGHT_BOOKS